新锐散文诗歌书系

冰心散文奖获得者戴荣里新作

拾阶而上

戴荣里诗选

戴荣里⊙著

中国三峡出版传媒

中国三峡出版社

图书在版编目（CIP）数据

拾阶而上：戴荣里诗选 / 戴荣里著 . — 北京：
中国三峡出版社，2016.9
ISBN 978-7-80223-937-1

Ⅰ.①戴… Ⅱ.①戴… Ⅲ.①诗集—中国—当代
Ⅳ.① I227

中国版本图书馆 CIP 数据核字（2016）第 222197 号

责任编辑：袁国平

中国三峡出版社出版发行

（北京市西城区西廊下胡同51号　100034）
电话：（010）66117828　66116828
http://www.zgsxcbs.cn
E-mail：sanxiaz@sina.com

北京市十月印刷有限公司印刷　新华书店经销
2016年10月第1版　2016年10月第1次印刷
开本：710×1000　1/16　印张：15
字数：195千字
ISBN 978-7-80223-937-1　定价：29.80元

目　录/contents

第一篇 | 今　韵

永远的海子

我知道你卧向铁轨的一瞬间
一定想到了远方
路是属于一个飞翔者的
你在情爱中回到了故乡

封闭的大山让你渴望更远的大海
空寂的黑道让你羡慕春暖花开
缺少温情的城市让你失望了吗
你从决绝里将理想永远在大地上铺开

在你死去的这一天
铁路为之震颤
我是执着的修路人
从没顾忌到银轨也会把一位诗人的天空染得碧蓝

最完美的抵达打开俗人的思维
围挡的高铁线路剪断了你梦想的自善方式
我想用败落的迎春花把您的坟墓装点

当人们百思不得其解探索你为何离开世界
海子啊 我相信你一定看到了花山大海

2015 年 3 月 26 日海子纪念日

中国高铁

飞向大海　追逐太阳

如风赶着雨　如雷伴着光

中国高铁　一路飞翔

缩短时空的梦想

幸福在全人类心上

光洁的道床　优美的桥梁

恢宏的站房 雅致的车厢

中国高铁啊 美名传扬

闪耀着筑路人的智慧

见证着中国人的刚强

飞过黄河 跨越长江

追向高原 牵出力量

中国高铁啊 乐音驱走荒凉

动车饱览山川的壮美

速度演绎创新与希望

啊 中国高铁 冲破迷雾

塑造追梦人的生活穿越

开拓经济版图无限风光

啊 中国高铁 让世界聚焦中国

古老文明通向世界
现代科技惠及四方
中国高铁 挺起了全中国人的脊梁!

2015.5.26

高铁颂

高铁凝结国人魂
因噎废食不可循
高原天路幸福歌
江南如画飞舟云
雄者为寇有人敬
忍者自有君子尊
穿越时空惊险客
民间故事自炼神

2015 年 7 月 31 日再吟高铁

娘

您不知道世间有母亲节
陪伴您的只有水桶、锄头与灶台
自从离开家乡
您就成了我遥望的月亮
我说过
您是移动的村庄
村民的每一张笑脸
您都像素描师一样简洁描述
生动而形象
当您与土地融为一体
娘啊
我失却了香甜的梦乡

城市藏满了神奇
娘似乎无视这种力量
倚门而盼子归的目光
一直为我照亮
您柔弱的身体
映衬着我们兄妹四人的健壮
娘啊
每当我清晨赖床

多想再听到您喊我上学的声响

娘啊
一生没喊过您妈妈
这个名字意味着城乡分野
藏着身份层次的思量
齐鲁大地最亲的还是娘啊
当母亲节的喧闹
扯起万千孩子的情思
我大喊一声　娘啊
我只愿天堂里的亲娘
不再疲惫 不再仓皇
愿您老人家永远微笑着
享受寂静优雅的时光

2016 年 5 月 8 日于翠城家中

能给我拍张照吗

先生　能给我拍张照吗
连同这冬雪
鸟巢
城市上空的雾霾
多年以后
不是我后代的后代
知道一个作家生活在这个城市
他会揣测您 被我求助的表情

美女　能帮我拍张照吗
鲜花与蜜蜂
还有百合的纯情
也拍那边的白杨树吧
它们比我见到的所有白桦树都要高
犹如我的青年时代
挺拔 俊美
您笑话我老了
眼角皱纹亲吻着白发
肚腩时常遮蔽脚的探寻
拍完您还回眸一笑
年轻时遇到这情形

我会兴奋整整一个上午

小朋友　帮我拍个照吧
别笑我和你一样卖萌
看透了 懵懂中
贡献给世界的都是一个表情
孩子啊
你越来越走向成熟
我却越来越像个儿童

军人 警察 教师
男人 女人 富人 民工
中国人 外国人
乐意 勉强 从容
一年三百六十五天
路过 有意 缓冲
我会对一个路人说
先生 帮我留个影
女士 我与这朵花有交情
孩子 看我像不像那棵老树啊
兄弟 您一定要拍下属于我的鸟鸣

我的微信留下了日月的记录
观者所见的只是我越来越衰老的面容
只有我自己知道
这些照片后面有多强大的阵容

聪明的不会只审视我

在照片的后面

不同的审美

迥异的年龄

我知道 他们的集合

构成民众的力量

捧读我的微信圈

您或许被偶然的细节

迷蒙 打动

多年以后

您如想解密某张照片

我会捻着胡须

张开无牙的口腔

给您讲述一个个

普通而又神秘的早晨

那里有露珠与晨风

还有一个无比纯美的仙境

2016 年 5 月 17 日于上班路上

城市土地

失去了提供粮食的功能
樱花过后
无丰盈的红果出现
偶尔的青杏
好奇的游者
啃一口　在夜里
丢失一个金黄的梦
喊山的老者
吐出的是储蓄许久的雾霾
树木 草地
庇佑偷情者
收获月亮

大地被大地贩卖
渴望硬化成绅士
标榜万世功名
或自愿堕落
万千楼房直入胸底
我只有在夜里
怀念故乡
大山里的土地

书写着

种植 繁衍的意义

承载蛙鸣 鸟戏

城市里寻找乡村记忆

那张素笺之于我

写满隐痛的历史

风吹

闻不到您散发的清香

口香糖　白色垃圾

安全套 或者阴森的诡计

我无处逃遁

貌似华贵里

我渴望成一只自由的刺猬

彳亍 成

流传千载的诗行

针刺 为我壮威

有时 我嘿嘿一笑

就被俗人奉为尊者

2016 年 5 月 26 日于地铁上

栅 栏

挡不住狗

我却被拦在园外

那一刻

我只有观望它的舒心

落锁

景色怕偷吗

亲眼目睹一个没有围墙的城市

诞生

此刻无语

无辜的栅栏

隔离晨光

荷叶悠然成丰子恺的画风

我想哭

没有谁能听懂

池水的宣言

草地依偎石头

枝头杏叶摇晃

栅栏没有守住金黄的秘密

不如女人那把伞

只露丰乳肥臀

2016 年 5 月 27 日于上班路上

夜

夜地铁

是一位哲人

抖空了一生学问

在空寂里弯下腰

不计较旅人

多少

胖瘦

男女

黑白

雅俗

地面上有夜莺唤风

树影柔和出光的气节

我在暗夜里穿行

诗人们离开城市

学经商

练书法

套取女人们的笑容去了

我从他们丢弃的瓦当里

搜金刮银

最后一趟地铁

空荡荡的座位是失忆者的面孔

睡眠勾魂

等车失意

夜地铁是剥完皮的葱

最后一无所有

心搂着站名与未灭的灯

沿着河堤回家

能听到一条鱼对另一条鱼的私语

2016 年 5 月 27 日于北京地铁 10 号线上，此时为 23:13

外甥女

外甥女没有妹妹的一点气息
她淹没在她妈妈的强势里
为了能在京城谋取一个岗位
她的简历随电邮四处游荡
随用人单位的笑脸落下凉意
孩子懵懂的眼神
一会被我指挥着向东
一会被我指挥着向西
我没有利用权力指挥权力
我只是对孩子说
大舅与你一起努力

我找了好友 同学 徒弟
也找了老乡 导师 同席
我甚至找了二十多年不联系的故友
我还专门到一个陌生的行业打探
我给孩子说 那里我熟悉
一次次泛起大妹忙碌的身影
一次次絮叨家是大妹挺起

一次次回忆着大妹幼时的委屈
我快成了祥林嫂了
原谅我吧 被我找过的人们
我记住了您的深情厚谊

我和外甥女尹琪停靠在高大的门楣旁
批评她不该一只手接人家名片
指出她简历里有个标点用错了
甚至她走慢了
我都会苛责她几句
其实 我好像在说我自己
我想起妹妹衰弱多病的身体
期盼的眼神不容许我说声对不起
聪聪是外甥女的乳名
善良的孩子每次被我训斥之后就说知道了
未来的一天
更多的知道了又在耳边响起
我是让孩子成为无所不能的智者啊
大舅错了
你就是一个瘦弱的小女孩
很多重担一时承担不起
大舅与你一起感受求职路上的风雨
感受普天下与你同年毕业的孩子们的焦虑

大舅让你积极备考
大舅领你学习礼仪

大舅教你自己也做不好的事情
大舅让你学会自我包装与推销
更重要的——大舅还教会了你
勇气与骨气
思想与多虑
有时大舅真想变成共和国总理
让和你一样的孩子们
少些门槛　多些成功的技艺

整个春天
我与外甥女忙碌在北京的大街小巷
接受好多人"太晚了"的同情
其实 春天以前的冬天和秋天
我跑黄了树叶
我说寒了冬雪
夏天莅临
外甥女和我还没有感受到更多的温暖
每天的招聘信息
依然在我的手头喘息
小时喜欢捉迷藏的大妹
会以为哥哥又在搞什么阴谋诡计
城市就是个迷宫啊
大舅与外甥女要倍加注意
我们一起行进在考试的路上
感受着当下的京城
到处都是需要状元的府第

硬着头皮继续走下去吧
孩子
我们终于了解了世界
也知道怎样去做完美的自己

　　2016年5月28日作于家中，感叹于外甥女找工作的艰难，存诗留念。

良 心

岁月知道你的份量
亲友知道你的味道
同学知道你的形状
同事知道你的厚度
老乡知道你的诙谐
学生知道你的反哺

小人不知道你永远不灭
盗贼不知道你是窃听器
政客不知道你是他肚子里的蛔虫
嫖客不知道你不会被嫖资所打发

路人知道你是走行规则
司机知道你是红绿信号
智者知道你会流传百世
痴人知道你是烧不烂的珍宝

愚者以为你默默无闻不值得敬仰
富人认为可花巨资把你购买到

调侃者认为你根本不值一提
　学者总把你举得太高

　春知道你和草儿一样清新
　夏知道你如雨儿一样飘缈
　秋知道你如风儿一样爽朗
　冬知道你如雪儿一样洁白

　　　　　　　2016 年 6 月 8 日于北京

第二篇 古　风

晨　思

人比黄花瘦时光
树越微草壮晨熹
路障行者尽头车
思滤红尘作俗歌

2014.8.12.

思 乡

瓜下长圆映日月
手去黄叶求辣虐
城外咫尺乡情在
幻梦遥远层楼隔

2014.8.16.

秋

秋意清爽草疏朗
鸟鸣蝉嘶送夏凉
小径悠然印四季
不见君子渡长江

2014.8.19.

观　湖

游人如织柳如丝
荷花轻笑观者俗
周末畅飨寂静气
半城湖水散秋丽

2014.8.31.

感　物

鸟栖高枝鸣声响
花吻厚土求妖姬
狗辈也履人行路
京城甲鱼赛金骥

2014.9.1.

咏　秋

桃去三月娇媚色
枫叶未红面如铁
最是银杏知季节
秋色越浓越热烈

2014.9.4.

名 家

早遇我敬重的阎连科老师有感

人性深处有鬼神
脚踏大地剖万魂
农家子弟进城来
俯瞰众生走凌云

2014.9.14.

呢 喃

花栖高枝成群秀
独绽红颜难绘春
水中黄女哭眠神
天下妖冶唱乾坤

2014.9.21.

念失恋

疏朗校园最清爽
幽径漫步思想忙
青郁草地秋日盛
畅想去年满地霜

匆然四年轻轻过
婀娜婉约并狷狂
漠然早把倩影弃
空留愚人念悲伤

2014.9.25.

赠恩师王渭明

桃李芬芳遍地香
教书育人神情爽
科技人文共一体
校园内外奔波忙

花甲之寿喜相逢
人生之秋重启程
传承坚韧善良风
恩师慈母放光明

2014.10.2.

赠张继

故乡山水甲天下
游子漂泊栖神州
木本草根追先世
黄地绿草展孝思

峄城石榴红似火
卜庄木屋盛几何
秋柿也羡兄弟情
高铁飞速追日月

2014.10.3.

散　景

红叶渐欲迷人眼
众树为风求洁干
江南难觅心高远
洞幽烛微绿意连

2014.10.26.

兄弟叹

夜色盖住水无情
繁华撑天一点红
行人貌似幸福意
鬼怪高低各不同

与伊相对真金苑
万里普陀忆往中
兄弟曾为故乡鸟
天南地北各自鸣

2014.10.28.

港口行

吊车绿草两景色
山岗流水共一页
箱装四海好风情
船运五湖真生活

我欲乘风随舟行
无奈尘心多阻遏
以静制动求安慰
京城一角唱悲歌

2014.10.29.

咏　时

时光似果滤阴阳
绿肥红瘦论短长
黄叶飘飘说日月
静谧一隅念愁肠

2014.11.8.

贺《丝路飞天枢纽梦》出版

站如文章美如花
起承转合是大家
浑然天成有气象
枢纽伸腰新枝发

青年才俊铁血汉
黄土地上刻诗篇
精雕细琢二十月
丝路飞天峥嵘现

2014.11.17.

皇城月

野鸭冰上思南乡
游人瞩目多凄伤
心念童趣欲试冰
黑衣使者手势挡

你言我语论天气
雾霾苍茫皇城凉
莫说秋月早淡去
空余寒意满疆场

2014.12.28.

咏　书

书兄书妹橱中立
犹似后宫待恩宠
回首岁月多浮躁
冷落人间最痴情

日月经天诉衷肠
呐喊柔声皆思量
忏悔对话理念藏
逐一亲昵方为上

2015.1.1.

太阳雨

——甲午小寒晤书家刘玉岭兄

尊兄悬笔写永理
荣里笔误兄笑痴
往来穿梭二十载
东海催生白发起

满纸骄字书狂意
太阳初升馈赠弟
人生漫步五十春
心藏万壑水烟低

2015.1.8.

岛海行

南车北车奔波忙
东海西河静水亮
中华奇志自古有
科技儿郎当下强

完美抵达有底蕴
高速涵纳心缓放
人生唯有创造美
堪笑鼠辈仰脸望

2015.1.24.

黄岛行

六年一别再登岛
炼油直分汽煤柴
三千亩地好气派
两位齐人见豪迈

犹忆恩师同游礁
近在咫尺科大娆
众人皆议油水贵
独思时光金难买

2015.1.24.

海信参观记

移步海信心潮涌
电视制造今昔明
儿时已有木匣机
怎奈山乡无行踪

雅女细述历史景
小屏大屏新投影
智能创新监控器
彰显岛人新发明

2015.1.26.

晨步小思

疾步追车在皇城
不见当年大臣行
地铁犹似孵化器
暖开愚顽奔光明

沿河柳丝蔑寒风
高楼哪知旅人匆
一楼焉能灭吾志
可笑昨夜蚊蝇鸣

2015.1.27.

无　题

杆头嘶鸣因天干
流水不腐催青泛
栅栏围出小径幽
老汉踱步麻雀看

三千里路云和月
六万册书情与恋
酸甜苦辣有谁知
空气无语非枉然

2015.2.3.

访傅志寰部长

传达匆拦速人来
老邀上车语缓亲
疾步伟岸发鬓白
附楼温馨书吻光

十年往事成蹉跎
自主创新渊源长
世人皆谓高铁好
理性长者思绪忙

2015.2.17.

咏憾雪

春雪半日京城稀
雾霾常驻众唏嘘
墙头微草黄又绿
人生苦短戮情谊

古今对比无独笠
漫天飞舞缺诗意
患得患失不患己
气将不空慎呼吸

2015.3.2.

怀念舅舅

新屋旧瓦窗无风
满园荒草冥然中
犹记少时弟玩火
大眼狂语破寂冷

怎知革命唤心起
奈何坚贞驱宠幸
一生追随多感性
魂追先祖盼黎明

2015.3.3

对比赋

一花绽开春消息
活水骤冷晶莹体
高楼陈述皇城变
龟载万年情恋秘

杨树足升巍峨躯
槐身岁月纹路起
去岁此处尽绿色
当下晴空抵万里

2015.3.4

秦洪岭赋

天府酿就好性格
女中豪杰任蹉跎
岁月打磨名师韵
人大代表伊敢说

建筑伦理孜孜求
交朋唤友人热呵
大眼常将帅哥扫
余记蜀肠香满锅

2015 年 3 月 7 日 21：30

夜　咏

偶染小恙泪不干
夜不成寐微信观
忽遇朋友天涯醒
急索妙图驱孤寒

一鸟逍遥双鸟甜
三鸟成群伴水玩
景色憾在无穷处
独笑我辈吸雾霾

2015 年 3 月 7 日晨 3：30

诗人沙蝎

唐云笔名云沙蝎
余咏歪诗君跟帖
常忆银杏金黄色
叶敲醉首颂情歌

边疆纯美物产多
听尔丝弦天籁阔
标新立异求毒性
柔性于心胜几何

2015 年 3 月 7 日晨 4：00

岛城杂感

青枣不养自泛滥
趋老方觉世路坚
早发未必抵达早
行缓慎思度康年

旧地重游多感叹
风花雪月岛城怨
忽得一日归京去
勿与泼皮共壕玩

2015 年 3 月 11 日于青岛

再别栈桥

别来有恙愧岛城
栈桥犹熟鸟犯萌
沙涌绿水荡花去
红包候船欲乘风

京城雾霾多误区
难觅齐鲁仗义情
静候佳音禅心在
管他黑天与黎明

2015 年 3 月 12 日于岛城

漫步吟

柳丝荡尽高楼怨
池浅奈何几尾残
春光泄劲层层膜
外强中干大厦险

轻走细思皇城老
托三找四弹琴弦
大道隐去黄土色
生机全无慕绿毯

2015 年 3 月 19 日于北京丰台科技园地铁站

咏 春

春开万物双目醒
花香四邻水无声
高楼侧畔垂柳摇
同类硬骨钻枝条

倚石绿意伴妖娆
心漾蝶石形欲飘
一地荒草争羞涩
近视绿意满地闹

2015 年 3 月 20 于中国中铁建工集团

游　园

清风有意暖柳丝
静水涟漪诉衷曲
桃花树下心醉死
竹下小径猜水虚

仰望但知天空妙
俯察却觉冬凄厉
白桦树前念清洁
草坪打坐比丘尼

2015 年 3 月 21 日北京某公园

友情赋

文学江湖沙淘金
岁月流失见真心
浮儿只看云遮月
眼浅怎知海底深

网络衷肠忘年交
青葱初显智慧纯
书房磨墨三千砚
轻语细说山水魂

2015 年 3 月 24 日 与相交十几年的小妹浦奕安相遇 初识她时，我在泰山脚下游吟，今日才得面见。人生好多事，偶然中有必然，作诗记之。

高铁赞

高铁完美抵达轻
祖国版图血脉通
人生迷恋创新境
民族创造显奇功

身战京沪二三载
呼朋唤友豪气盛
悠然旅途风景美
回首往事叹春风

2015 年 3 月 25 日，张砥贤弟编发拙文描述中国高铁，作诗记之。

咏王鼎钧

九十老将频出山
散文佳作招人眼
追慕圣者十余载
意味无穷心性变

智兄化功江南才
书递温情多怜爱
异域鼎公今如何
常思语音故乡来

2015 年 3 月 15 日中午作诗于建工集团。鼎公为故乡兰陵人士,现居纽约;徐化功父乃鼎公战友,每有新书出来,化功都会邮寄给我,今日收《书滋味》作文记之。

青龙峡

青龙峡水渐高深
两岸垂柳配花新
游人如织车密云
翠竹墙边瞧山神

陪船共享波涛远
渡桥方悟大乾坤
轻闻叠香山边来
愁入城林殇天真

2015 年 4 月 4 日游青龙峡有感

无 题

人间鲜花四月芳
夜空月亮羞红光
黄犬春发桃柳色
目视万物皆低盲

生死之间有灵犀
禅意无限奔波忙
人居高处休妄语
船行低时思广疆

2015 年 4 月 6 日散思

微信赋

晴空万里不看日
雾霾滚滚全不惊
地铁拥挤浑不觉
散步亦把手机摸

东邪西毒全都在
美女传说何其多
扔下书本与课桌
满街尽是低头客

2015年4月30日发文《"低头族毁灭世界"之忧》在《北京日报》，作诗记之。

千佛山随想

双腿爽利缘去球
世间万物唯静收
绿荫皆因太阳多
心燥均为欲不休

拥有失去相依生
健步如飞何须窘
今失妃子连天笑
明得万子坟前头

2015 年 5 月 2 日于泉城千佛山下

青年赋

人生不患才多寡
德存心间自无挂
曾见男女智超天
晚年铁窗思天涯

幸福全在心感觉
何慕高官与财阀
功到境至自然成
切忌贪恋壁上挂

余活五十载，看清一些事。人生平和为福，追求亦要理性。

2015 年 5 月 4 日

别花记

异地思花久渴死
转头新绿萌春意
心慈常挂身边物
哪知万般皆自励

世分阴阳强弱势
自信时常易自欺
杞人忧天日日演
基因变异不稀奇

　　出京十日，担心那些花儿殒命；然余归家后，却见诸花茂盛，泰山石亦坚，愧慈心太重也！2015 年 5 月 6 日记之。

恩人赋

恩人排队橱中藏
无语却有百宝囊
助我弱者自信力
添我飞翔巧翅膀

书中自有儒雅乐
天南地北好风光
古今中外多少事
自在生活乐无疆

2015年5月7日《人民日报》发表拙文《书是人生的恩人》，感谢编辑老师！

功力赋

秦砖汉瓦承文明
淄川功力传新风
科技铸造唯美色
多维视野蕴雅风

齐鲁精英古今艳
自然博取中外情
高楼凝结艺术境
绿色低碳伦理明

2015 年 5 月 9 日受邀参观功力机械制造公司，参观砖机形成过程，记之。

晤赵德发

廿载别来齐国逢
思忆海滨初识情
缱绻决绝人间事
大国呕须君子梦

双手合十苦海渡
通腿妙文表沂蒙
六旬先生著作丰
德发春色听箫声

2015 年 5 月 9 日，于山东晤著名作家赵德发先生。我与先生1992 年于日照相识。其时，赵先生正著《缱绻与决绝》，先生勤奋、智慧，《通腿儿》为其成名作，其后又有《君子梦》、《双手合十》等著作问世。我犹喜爱其《地瓜窖子》，颇见先生逸趣与功力。此次晤面获赠三部曲，敬而记之。

咏蒲松龄

神鬼化狐为哪般
山水有灵藏万仙
绿荫喧闹有静气
暖阳避荫成蒲先

一生功名小秀才
著作精湛天下传
洋鬼翻译成异语
岂知所述在人间

2015 年 5 月 10 日聊斋观蒲有感

电大班记忆

杜诗方秋展桂菊
松岩王勇郭运泉
刘军魏群张玉波
李涛印华卓厚杰

方学基润王桂珍
道臣秋艺房保平
建勋侗勋詹建华
司强文耀晶荣里

岁月三十载，步徐静思，心下刘健，月赵光华，2015年5月12日记之。

咏歌者爱松

爱松挺拔阳光行
怀抱吉他声如钟
兄弟情谊默在心
青春诗会有君影

遥见铅字空中送
微信频传妙音来
晨跑唤醒沉睡鸟
敢问闹春可见鹏

感谢国平君发拙文《歌者的乐音》于《博览群书》。文意难表我对诗人同学段爱松的推崇之情。爱松人好心美诗歌独辟蹊径，为我所敬重，故记之。2015 年 5 月 15 日于北京。

五十赋

五旬收徒整半百
天南地北才俊多
常忆夫子洞前站
川上观水逝者何

文坛乖张名利客
毁我原生静湖泊
但留火种各自点
璀璨星空照夜客

　　5月22日发开馆授徒启示，言明招50名文友学生于中华大地。报名者众，旋即达80余名。有人窃问在下恶作剧，实不知我真心以徒为友也。当今文坛，恶徒满贯，惟引徒友回归朴素、追求真实，不为奖励，莫问虚名，而求身心愉悦，犹如我反弹打油诗以自乐者也。暗夜记之，以待黎明！

雄狮戒

世人皆惧狮子王
草原称霸威无双
摇头摆尾踱方步
困懒亦居高台上

野牛无序常相撞
内讧相煎无思量
忽有一日激愤起
可怜帝变爬树郎

　　据外媒报道，近日，63 岁的退休官员查尔斯在肯尼亚马赛马拉保护区拍摄下有趣的一幕，作为丛林之王的狮子，在草原捕猎未遂，反而遭遇到一群愤怒的野牛，并被牛群追赶。狮子自觉不敌牛群，为免被踩死而选择逃逸，甚至不惜放弃尊严爬到树上。人间常有此景，而愚民不觉也！作诗记之！

观《奥创纪元》有感

科技异化毁星球
人文情怀拯众生
蛮力难塑真世界
柔情才有和平侯

审度人性放大处
几多摧残几多羞
遥思亲人飞天国
近观驴友对屏愁

2015.6.14.

喊山门头沟

蝉鸣山幽众树奇
新杏出香连理枝
枣花衔黄孕秋满
樱桃拨转目游人

老夫喊山嗓变甜
犹忆踏遍东岳巅
忽闻风云天边起
笑看众树仰脸观

2015 年 6 月 14 日抵门头沟喊山小记

行车吟

脚下文明自心来
读书达礼平稳开
路遇红灯足自律
你来我往熙无灾

怎奈乳臭酒鬼赛
栏杆隧道莫理睬
车毁人亡成故事
枉指他人难自爱

　　应国际先驱导报梁辉先生约，就无锡事故撰一小文，会议忙乱中，心绪不宁。小文发出后，心感不安。有赖梁先生大笔修缮，十分感谢！2015 年 6 月 25 日做顺口溜记之。

为师吟

淳朴莫过原生态
草绿花红自天然
师生之谊点滴进
精雕细琢众爱看

世事恍惚人缺信
搜寻宗教与古典
你情我意非为私
眼开四方地为天

2015年6月26日戴荣里原生态文学院线下聚会有感，追求真善美是原生态文学的基本原则。对照6月1日合影照，开学不足一月，同学们的进步令我十分高兴！

午后喜雨

西山新雨催枣生
牡丹玫瑰混草中
鸵鸟下蛋老汉笑
一行诸友欢歌声

蒙古包外峻峰起
小径曼妙犬争鸣
追忆满山破乱像
桃花院内吹清风

2015 年 7 月 4 日与好友门头沟散游，打油记之。

异域风情吟

常染绿意河水功
艳若丹青妙手撑
女子般若佛性在
士气株存松蠹挺
游人忘返边疆色
景推黛顶云袅声
展翅雄鹰俯瞰远
示儿握紧腿中雀

2015 年友人游边境发图，打油记之。

金银花

户外银花泛金光
唤醒儿时山崖忙
采撷数晨易一书
品茗小屋有清香

徒子捎来海南色
几多亲情漾桌上
但凡老友皆沉淀
名利难隔热心肠

　　7月7日，学生康万兵自海南来京，春雷、振远相陪。与老友《施工技术》主编张可文相聚；次日午间散步，看到金银花，想起儿时苦乐，打油记之。

吴江行

吴江大地好景色
青石铺路显蹉跎
园林书写智慧图
越剧唱出爱情歌

太湖水美大风多
芦苇荡浪胜石克
草地有水阳光热
回眸高楼祈留我

7月11日抵苏州吴江，见蔡总，谈文学，游同里，观太湖浪，一路凯歌；12日 G150 返程，打油记之。

晨　语

雨后新绿唤鸟鸣
箭指前方意迷蒙
酷热炙人君方醒
肥头小儿成笑柄

地铁电梯日月看
票口吞噬好光景
六年京都随风去
空留站台一老行

2015 年 7 月 14 日早打油记之

观毛伟作品展

京城无处不飞花
书画同源悟真假
敢问文坛存几圣
心内自知有高下

移步换景入脑海
暑热却被冷雪刮
孤牛横立天地间
怎慕烘炉美女拷

7月18日，受朋友金伟所邀，观毛伟先生艺术沙龙书画展，打油记之。

哭　书

宝物藏家绿意深
乏水滋润爱非沉
左摇右晃蜻蜓浅
荒芜书林蒙微尘

世间名利本无味
书香怡人伴禅心
橱立万友须召见
莫负金光泪沾襟

　　数日不归家中，花草哀怨，众书冷漠。全怪我世俗心重，热衷交际。对书而泣，花一下午时间整理诸书。书们似乎不领情，好像在说：我们是让你读的，不是让你装门面的。一时羞愧难当。想当初哪本书不是欣喜迎进家门？可熟读者希，掠影者多。天彼时风大云多，亦落泪有声也。打油记之。
2015.7.19.

见韩宁宁老师

女中豪杰皇都风
起始刻字艺术功
走南闯北书法韵
眉目流彩迎宾朋

字正腔圆传承远
作家修养书者行
触类旁通见力挺
高艺如水画中景

2015 年 7 月 19 日，应韩宁宁老师之邀，去梅兰芳大剧院观看老师书展，高朋满座！想老师当初为我写《作家修养论》，力透纸背，信服！打油记之。

题字有感

闻墨久香拜胡师
狂草数笔谷峰颠
疏马跑山有气势
密树围风均衡选

鬒发漂白岁月散
只笔铺展时空宽
原生文学本求真
鸿雁展翅溯渊源

　　2015年7月19日，与王老师、戴品东同去拜见胡抗美老师，为鄙文学院赐名，留影于胡老师工作室，打油记之。

谢张森师

汗颜羞读作品选
遥看八零众神仙
散文园地耕播早
如今不见新论坛

森师龄小文意远
高铁评论记心田
人间文章有高下
友情持久常由浅

2015年7月20日，收到张森老师邮寄散文书数本，遥想诸君当年，同在新散文论坛耍谈，再看80年《散文》月刊大腕云集，不胜感慨！又念高铁书出版时，张森老师欣然作评，今又收到他邮来的书，怎能不思？打油记之。

采访张履端

午阳日斜老舍茶
把盏问询话桑麻
三年下乡辛酸史
廿载归京辗转多

残儿在室不哀怨
却夸和谐全靠娃
每日围绕前门转
花甲透悟情冷暖

　　受北京电视台黄老师所邀，今日采访大栅栏三井社区原主任张履端，收获很大。其娃自小脑瘫，夫妇操心照顾。谈起孩子，张主任洋溢笑容，夸娃给全家带来幸福、和谐，何等气魄！真实的故事来自民间，作家要有沉下去的勇气和心力。草笔记之。

2015.7.25

荷塘月色

清华院内行车惬
移步换景游客多
夜色轻笼小湖暖
荷花飘香伴情者

柳叶拂尘无春色
蝉唤月色无迎合
匆履顾人杳然过
不闻自清唱禅歌

2015 年 7 月 26 日傍晚，抵清华园，巡车周游，天色将合。荷塘无月，游人甚多。只见学子，未觅朱自清影踪也！作诗记之。

见胡师

面慈心善白发飘
循循善诱心自高
桃李在侧舞文墨
案几铺展衬风骚

饮茶欢语谈书艺
民国佑任草书标
文史哲思有风韵
轻列隶碑临妖娆

　　2015 年 7 月 26 日与王发雄老师同拜胡抗美先生，先生谦和多礼，讲书法历史，尤赞民国对书法历史的梳理功夫，令晚生钦佩。谈及于佑任先生草书标准化，先生见解独特。王师说起昔日与胡先生同事之时，曾语胡先生专注工作，如今似有回思之意；王先生《出彩写作法》享誉国内，二老乃湖北老乡，老而弥坚，堪为我楷模！徒弟提笔记之。

晨　思

青草攒香石榴红
铺石小径无泥泞
木瓜坠树憨态现
肥桃钦羡仙女乳

山楂泛青不见酸
院内果树蔑天然
吾本野湖一老叟
凑作理事强欢颜

晨思前日自然辩证法研究会选举，以一票反对，两票弃权，55 票通过当选副理事长。想在辩证法协会五年，接手两个科研项目，四篇专家论文被收入文选，且引介一次联谊，参加数次论坛。有投反对票者我甚为感谢！晨思如我般天天迈步单位院内者，怎知山中野果虫咬豕踏之苦啊！2015 年 7 月 27 日记之。

烈日散步

京城烈日好大脸
欺吾年迈赠洗汗
绿草兄弟慈爱心
馈我清凉步履宽

散步日行不讲里
蝉鸣蝶飞找悠闲
老衲不语心中有
阴晴圆缺四季看

2015 年 7 月 27 日散步偶作

谢 恩

感谢清凉伴左右
常忆入土汗滋苗
工地伙伴仍巡道
身披阳光不长毛

楼道宽阔怕走窄
路平亦有筋斗摔
警醒身边小人在
清茶润喉沁心开

2015 年 7 月 27 日于办公室

卖字翁

五旬老汉赶黎明
三轮驱动点钞声
卖字翁嫌京道远
却见闸门亮绿灯

地铁车厢眠者少
烦听女子报站名
混沌本有舒畅意
哪堪段落似文明

2015 年 7 月 28 日地铁上

书　人

一地黄花俏推香
树下老儿觅时光
青草石径歪相伴
怡目书法幻墨钢

久居窄室心地狭
天高园阔目远瞧
蹲看蚁爬志向大
自愧弗如枪已老

2015 年 7 月 29 日于散步中

雨中夜行

暴雨吹打夜行车
奏乐轻抚水中舟
五旬不减青年志
豪气冲天观诸侯

行不孤独徒弟伴
微信传音如目前
旅途浓缩拼搏史
弄潮才知危时胆

　　2015年8月1日建军节，董兄有机菜香，食罢归程遇暴雨，车变冲锋舟，放音乐壮胆。前后车如诸侯割据，自驾若堂吉诃德，检验少时胆量犹存，自思：余未老矣！途中，文学院徒弟相语甚暖，抵家附近停车场，雨仍厉。叹大半生亦如今晚曲折、惊险！乃在车内作诗记之。

念　弟

同胞兄弟血脉连
面怒手打心颤然
儿时相伴调皮事
鬓白常思倍觉甜

一母百般各有志
家巢纷飞少聚散
铁路子女多奉献
马褂牵我嘱安全

2015 年 8 月 3 日地铁乘车，看胞弟发来照片，想慈母养育我们艰辛过往，想我对小弟帮助很少，泪润眼眶矣！

无　悔

风雨无悔驾鹤去
心地平和挂人民
光美一生多坎坷
伟人身边塑高格

童盲曾骂刘少奇
今朝又议风波起
犬民难练火眼金
诸事慎待情留义

　　2015 年 8 月 2 日参加《与王光美对话——风雨无悔》首
发式。想少时常随大人呼喊"打倒刘少奇"，听作者语王光
美先生淑女风范、大家气度，不胜感慨！遇人民文学社总编
刘国辉先生，合影留念，打油记之。

于家堡高铁站

滨海新城添奇景
高铁站房招宾朋
穹顶连天夜色美
地下建筑水面平

才子佳人壮形色
运筹帷幄战泥泞
人文常赖科技秀
品牌蕴含拼搏中

2015 年 8 月 5 日于家堡高铁站房有感

颂农民工影展

京都策展破天荒
帝王将相颜面藏
国色天香随风去
惟见铜面挺脊梁

云阔隧深语艰辛
花前月下诉衷肠
中华农民多睿智
蔚然文化敲心房

2015年8月7日中铁四局农民工影展开幕式,许国兄诚邀,余在津未达,然看微信传图,倍感震撼,遂记之。

晨 咏

泉城晋华连天色
皇都降准潇湘美
泰山真情当面拍
京畔求友屏幕虚

燕张黄喙微啜泥
玉死殿堂愧炫纯
步辇及顶人皆去
空留孤寡对天云

2015 年 8 月 12 日于北京地铁九号线

访抗日战士

晋冀鲁豫侦察兵
春夏秋冬练英雄
智斗日伪出奇招
艺高胆大亮威风

款语细述昔战事
老伴孙女陪福萦
楼下绿竹蜿蜒处
常牵功臣忆当年

2015年8月14日应北京电视台黄先生之邀，采访抗日老战士张益民。张先生少时即作地下交通员，传递信息靠背诵；后作侦察兵，艺高胆大，智取伪军中队长；当下形色依然精神。老妻爱孙，其乐融融，作诗记之。

禅林游

十二伴友随一君
龙种散发禅意寻
清幽僧尼高门开
蒲团柔软叩头沉

佛道东西各渡客
银杏叶果自孕深
把茶俯察众山小
雄鸡长鸣原声金

2015 年 8 月 15 日与友邹君游唐山遵化，鸡鸣山更幽，一龙种银杏树，伴十二棵雌树，历经千年，翠然有果，慨然记之。

京外有远山

禅音悠远传山岳
静心无言默成歌
湾含碧水远云去
寺院道观洁日月

旅途同游伴者谁
青衫长袖消流火
京城热岛互成祸
民间清爽疏离多

2015 年 8 月 16 日与好友相游禅林寺有感

致张振喜

沂蒙小儿初进城
君为屋子吾为蓬
曾忆工地心自远
招待所前见鬓明

高铁催化汝财心
儒子弱心善为朋
京城一隅书斋在
劝兄少把铜臭蒙

2015年8月17日回想我1981年接班，懵懂小儿，但每日跑步五里，常学不懈怠，然彼时张兄以工代干，坐于屋内，见吾辈，熟视无睹。后余求学至泉城，业毕返泰，常见已升至经理岗位的张兄，发如猫舔，不敢近观。

2005年余去京沪做业主三年，诸友云集，常叹俗人多矣。张兄时做诚恳状，后离岗，遂化为商人矣。好歹我不常醉，尚留醒思，酒后思人情，作诗记之。

致兆海

京九相聚早相识
慧根存留忍作先
君为知己曾一段
与时俱进抛后边

佛颜未改人心变
眼拙自识熟时短
俏言虽语昔时话
权当山水悬桌前

　　常见李君兆海者，老领导也，跟踪朋友圈留言，回言与否，常犯踟蹰，做此诗，算作答复。知情者，会意一笑，未知者，可作谈资耳！ 2016.8.17.

遵化印象

遵化小城古意在
板栗核桃遍地栽
山崖有木做雅摆
来往农人义可楷

观光电梯旋转楼
疑是风景在迪拜
楼外散步晨曦好
一鸟微鸣吉祥来

2015 年 8 月 17 日遵化两日行记。

石　语

身架各异叙古风
水淹火炼成万型
狰狞如鬼难描画
平坦如砥展怡情

或做假山成一景
或驮众足自平静
或砌墙屋挡耳目
或藏深土去念经

2015.8.17.

游山记

山水相伴垂钓忙
京西景色妩媚藏
燕子低飞亭台羡
细数修竹沿阶上

奇石荷花相映趣
风摆细柳江南色
鹅凫绿波觅食抢
秋意北国好清爽

2015.8.18.

观画有感

谁言画家皆狂人
我识高手多沉蕴
津君羞涩如雅男
馆长诚恳若乡君

工笔花鸟线条细
斗笠女子散江新
楹联分明古刹有
相谈甚欢觅知音

2015年8月19日晚，受丁总邀请观九人画展，见天津美院工笔画家周先生、炎黄艺术馆馆长崔先生、中国艺术研究院韩先生诸人，赏其画，听其语，感慨良多。接受崔老师赠书碟，作诗记之。

致皓天

经天纬地本皓天
走南闯北意志坚
当年羞涩俊男娃
钢琴特招唯一端

面带豪气志倍添
中铁子女克万难
他年登上博士台
伯父合十高祝愿

2015.8.22.

117

长辛店行

赤子常忆下乡时
裸体补钙鬓有丝
秋花遍地傲古枝
青草盈眸听蛐蛐

青枣羞涩太阳暖
农者述艰湖水碧
传统耕作祛魅力
疯叶防治堪称奇

2015.8.25

路

旅途风雨伴江山
莫顾坎坷与平坦
同行知己自然好
夜行寂寞月无边

铁道公路盘山径
风景无限少贪恋
人生多舛歧途扰
急缓悠然见品端

2015年8月26日行于北京地铁上，翻阅近日拍路图有感，打油记之。

京城月

京城夜月稀罕明
连拍数帧藏贴中
倘有来日光被遮
请君观览待黎明

皇家颠倒奸臣多
当下世态竟如何
才见韭菜刚割倒
又现贼绿一棵棵

2015.8.26

昆玉河

昆玉河边找自我
大明湖水迁京歌
柔柳絮语苏州来
钓者俨然山中客

双腿慢摇五旬步
远观近视秋风阔
倘把皇都作故乡
此处当为村西河

2015.8.27

三神赋

灵光普照大如斗
泰山脚下漫步走
笔行龙蛇多逶迤
眼角上挑笑如钩

狂声傲语心慈软
平民身段君王心
常劝诸项皆放下
执着紧攥恐失神

三神者，头发神光，字带神性，人有神劲，谓之三神；亦有语其年轻时为爱神，中年时为骂神，老年为水神，在家中排行老三，谓之三神。三神真实来历，可问询其真人，真人实名赵祥芹，因其神，他自讲来历，恐不可信也！
2015.8.28.

同乡谣

临沂山水甲天下
羲之笔锋秀皇都
小龙轻舞荡神气
煎饼朝排鼓腮平

京城文人皆有韵
剥笋抽丝力无穷
仰赖家乡一脉泉
石坚树挺是非明

2015 年 8 月 28 日与同乡允科弟相遇，赐字有感。

颂郭云涛兄

声如洪钟气如钢
东岳平湖好儿郎
昔为民生井下掘
今开国运登讲堂

一步一阶诚实路
目光如炬穿四方
凌云当思兄君志
做人宜学坦荡荡

郭云涛兄以联合国全球国家竞争力合作组织副主席兼秘书长身份在联合国大会发言，联合国授予了奖状，打油诗贺之！ 2015.8.30

咏声明兄

画缘人缘本属天
从来画技是枉然
有心何必曾相识
无意同室亦眠颜

大笔横书魏碑韵
草书尽显云海翻
书家铺排文学院
戴门师生共祈愿

感谢书画家赵声明先生题写文学院 院名有感，打油记之。

2015.8.31

咏耀琼

耀琼诗风余最爱
南国才子如其名
书法纵横驰骋频
字里行间有神风

面似尊佛人有味
敢做天下创意生
百家题字自感恩
敲字弄醒美黎明

感恩诗人林耀琼兄赐墨宝，2015年9月1日日记于地铁上。

东阿行

炜弟曾伴黄河行
曹植墓前发幽情
今朝有友引观神
汗淫脊梁水澄清

东阿城变大异境
高楼低棚遥相映
不知故友居所处
繁花可藏深墙中

2015 年 9 月 3 日观东阿洛神公园，遥想七年前与范炜弟祭曹植墓，感慨系之。

肥城桃

漫山遍野红颜色
颦笑之间羞你我
沁香扑鼻藏山岳
入口爽心抓经络

吸管一只满桃空
熟到极致如水月
蜜汁融进肌肤内
面似少女生纯洁

2015年9月3日与允科弟同游肥城，观桃园有感。

和平颂

绿叶掩映去暑热
平静驱除百病疴
文化血脉五岳胜
理性制度万兵遏

家国逻辑有情结
与时俱进方为妥
自我评价终非浅
心随人性少蹉跎

2015 年 9 月 3 日，地铁穿过长安街。

聊城行

清风拂尘去京廓
地铁无言速度说
细拼文友笑颜貌
闭目恍惚寻不着

水城漾舟有奇景
伊傍君畔荷花洁
九一初识京九俊
弹指一挥往事落

2015.9.3

咏恩师

挺拔如山名大椿
平生治学审度深
膝下弟子贤人多
自愧弗如五年跟

尊师如父师母慈
常忆餐桌面条亲
春风化雨徒心暖
有教无类气色新

2010 年 9 月入学，随刘大椿老师读博，受益匪浅，倍感
大师风范。教师节，打油记之。

咏金鹏

塞外胡杨染金黄
戎装在身戍边疆
歌声婉转青春梦
转眼幻作风雷荡

兄弟情谊连绵长
家难微恙互相帮
时空阻隔微信传
京雨打湿屏中光

　　唐金鹏老弟，应征司歌相识，自此联系频繁，戍边威武之风，家中老人病难，相语于我；我有些许感受，也会传递于他。虽未谋面，却视如家人。打油诗记之。2015.9.10

咏王渭明老师

泰山脚下相逢迟
黄岛礁石有余音
师恩难忘书信传
遥祝山路多平顺

京城有子双博士
伉俪一生执教尊
岩土工程资格老
桃李天下围岩稳

　　恩师王渭明，江西人士。岩土专家，与师母孙燕玲同为山东科技大学教学名师。有幸在其门下受教，师之幽默、严谨、温和，每思之，倍感温暖。打油记之。2015.9.10

锣鼓巷

锣鼓巷里萝谷香
辩证法中变戏法
专家总比砖家好
老者谓胜老贼雅

闲步轻品沿街绿
昏眼却被胡同擦
老外惊羡汉文化
吾等草民暗中夸

2015 年 9 月 14 日逛锣鼓巷有感

咏爱徒

齐鲁征战露才荷
朝夕相处有担当
谦谦君子善良像
走南闯北历练强

九年师生谊深长
点滴尊重挂心肠
人生何处无知己
莫慕虎狼成君差

徒弟袁振华 2006 年于京沪高铁收其为徒，如今已过九年。期间，世事苍狗，初心不改。今日相聚，颇多感慨，作诗记之。

2015.9.16.

茶　饮

伊作茶道未熏我
南国盘托展气色
玲珑裸童相映衬
金蟾衔银渡日月

观音红茶茉莉香
丹青书艺著作佳
谁言独品无滋味
醉透心脾煮三国

2015 年 9 月 17 日晨饮所作

秋　花

笑脸盈红行者腮
小手招摇邀你猜
爽朗风凉全不顾
身心向天自豪迈

俯身相闻夏秋色
半是娇韵半是呆
花语俏言擦尘世
君爱静赏不堪摘

2015.9.18

茶花赋

土贼茶花有奇香
相偎枸杞壮气阳
普洱红晕泛杯起
宜兴雅壶当伴郎

京城一隅本寂寞
快递常传友情至
清水无意寻痴君
汤变形尊品味真

2015 年 9 月 22 日，收到刘运杰弟弟邮来的宜兴茶壶一套，又有小土贼妹妹快递来茶花与普洱各一，伴以去年文友孟君自新疆邮来的枸杞，茶中江河，味道多矣。人活一生，友情如茶，越喝越有味道；真情如壶，不同程度的真情底色自然会滋生不同程度的真情味道，打油记之。

甜蜜情 九月二十六日忆山东兄弟

好枣秋令方知甜
品种不一味道鲜
何求形似但求心
诚实蜜情储云天

山东兄弟时常想
潭中摸鱼树上攀
把酒长醉核桃下
尔今幻化成国仙

2015年9月26日李家峪与书记果农合影，忽忆山东兄弟。

彭军来

沂蒙山水险且纯
儿倔女拗多天真
冻死迎风站昼夜
饿昏不见屈头尊

京城乡谊诚可叹
语言互助砥砺深
兄弟相望盼君好
爱情回归驱浮尘

　　彭军，费县人士。去年在西山艺境看房时认识的老乡，他当时做保安。自那时与我交往，已近两年。吾之交往，无官宦平民之分，亦无商贾贫者之别，唯人性耳。识我者为好友，惧我者为怪物，贬我者如山间野叟，我皆笑之。彭军中秋节专门来看望哥哥，讲述生活之艰难，爱情之幸福，我皆洗耳恭听。祝福他走出困境，人无高低，职有区别而已。入世赤裸，离世无多，君子之交如水随性为佳！2015.9.27.

三神赋

二目出神凝真气
走路带神散豪气
下笔有神见才气
祥芹云游抒禅意

泰山塑就英雄色
流动锤炼万壑胸
坎坷书写半生醉
君若自悟福无迟

　　2015年9月27日念及赵祥芹，作诗记之。赵祥芹者，宁阳人也。青年时代与我为同事，头脑发达，四肢粗壮。老年渐成秃驴样而自称有佛像，互相多嬉笑怒骂。后因故离东岳而游四方，字有大进，常写诗送區支持我。人愈老，心愈真，字愈甜。感觉有给他历史诨号"三神"翻案之必要。

141

原生态

月圆情圆文章圆
瀚海人海汉字海
原生态现百花靓
自然之美拓万疆

篱笆院墙不设防
茅屋石桌有茶香
来往宾朋多平和
低谈细论刻碑藏

2015 年 9 月 27 日，纪念原生态文学院开班近 4 月矣。

中秋吟

高悬一轮察世间
长叹富贵压贫寒
强权欺凌民生倔
繁星如泪舞翩跹

东南西北情谊深
你欢我爱聚成圆
硕果牵枝话风雨
秋色渐浓高爽天

2015 年 9 月 27 日，应三神兄弟赋诗中秋。

泰山日出

京城泥泞度生难
泰山日出红天边
这厢雾霾遮望眼
那边观海知日圆

阔走皇都不敢慢
狗叫犬吠舞翩跹
忆想泰山读书日
松鼠蹦跳鸟语欢

2015 年 9 月 30 日翠城至欢乐谷地铁站散步，观通振远所摄泰山日出有感。

恩　师

年过古稀人愈坚
白发悄然现鬓端
审度催生科哲变
桃李芬芳汇众贤

跟师数年养心智
谆谆教诲响耳边
此生名利随风去
唯见江水流自然

2015 年 10 月 1 日，见恩师刘大椿参会照有感。

静　歇

竹海不深有余光
虚心被附谦逊状
万物皆有品质固
人学一物必被伤

仰天自有天机满
伏地却看砖成方
双目去神静闭起
只听风声刮叶响

2015.10.2

流 井

家披荒草阳光暖
林地风吹渐入寒
水前祖先润古风
游子留恋血脉远

少小离家鬓白归
颜面生疏乡音浅
借问驼爷今何在
晚辈双眸皆漠然

2015 年 10 月 2 日 流井故乡照

老　树

悠然老树校中歇
面呈沧桑坎坷多
伤痕难掩挺拔志
大夫心中自有歌

南国北山聚一起
洒脱绵密颐养者
声气息别风格异
点缀雅苑成传说

2015.10.3

受礼记

天府之国油墨香
诗歌五卷清晨芳
触目所及真颜色
诸多老友书中藏

轻翻细读心花放
诗行荡漾慢品尝
世间众多烦恼事
付诸流水不思量

2015 年 10 月 8 日上班第一天晨，得四川人民出版社社长黄立新兄五卷诗歌精品书，心花怒放，打油记之。

咏鼎公

鲐背之年神采俊
逐文求索气色青
家国情怀高妙手
著作等身堪称幸

惟念先生为人杰
颠沛流离一隅宁
纵横驰骋亮星宿
宗教融通大鲲鹏

　　荒田先生转来与王鼎钧先生会晤照，鼎公九十，精神矍铄，不胜唏嘘；余读先生著作十几年，各类版本五十余种，爱不释手，深受教益。一心为文者，不为名利、诽谤、猜忌所扰，而悠然度世矣，岂鸡鸣狗盗之辈心胸所能理解也？打油记之！　2015.10.10

贺品东开馆

吉祥寺存墨禅大
神龙书画扬天下
戴氏文化春来早
原生态写自然家

华元国际艺术美
衡水自古英才发
各界名流汇一统
妙笔丹青举世夸

2015 年 10 月 17 日晚，为大吉祥寺墨禅神龙文化、中国神龙书画院衡水创作基地、北京戴氏文化交流中心、戴荣里原生态文学院、华元国际艺术馆挂牌开馆所作。

夜来香

夜来花草吐芬芳
红颜黄面已无妨
荒草犹衬满地绿
秋意盎然风正爽

步履早失青年色
舞曲悠扬伴鬓霜
操场虎跃少年体
仰天长叹星半亮

2015 年 10 月 17 日散步偶得

文学院挂牌

衡水一行见琳功
代师演讲赞宾朋
学院挂牌为幸事
各路豪杰显神通

品东书法有佛性
禅墨神龙文化风
自此河北有去处
躲霾寻洁成一统

　　品东约原生态文学院挂牌于衡水，学员李琳慨然前往，成为历史见证，作诗感谢苏波书家和戴品东宗亲！2015.10.18

观《人民铁道》报史展有感

报史悠久散墨香
峥嵘岁月精神刚
仰天直抒浩瀚意
低头心系一线忙

余随报走三十载
诸多老友相濡沫
夜来面壁挥笔起
常感情谊暖我络

2015.10.19

霜　降

霜降时节又思君
泪水涟涟夜色深
同乡兄弟两相望
犹记月饼香味喷

叶红缘由经风雨
落地才知命轻脆
俗世一遭勿争夺
无语胜过聒噪论

　　李兆良君乃吾好友，在京数年，相互鼓励。酒后发病，数月后故去。痛失兄弟，常忆之而感喟！　2015.10.26

天然美

枸杞黑成软黄金
羞红正宗宁夏君
无核天枣心好奇
凑成一壶相比拼

世人皆羡庙堂好
野生山间自然美
俗身缠绕名利事
清纯荡涤显初心

2015 年 10 月 27 日，收到原生态学院哈哲同学邮寄黑枸杞两盒，此物堪称软黄金，壶煮三江，唇品四海。天然之美，心下自知。

猫　王

猫王微山玩水长
心有巨虎却画猫
形态各异招人爱
王冠轻扣慈面开

名家名作识佳品
拙文仆登有转载
散文本是我最爱
却让昌永占头彩

2015 年第六期《散文》（海外版）转载《名家名作》余
撰文《王昌永的猫》，打油感谢编辑和昌永君。

图书馆

年超对面俩师弟
辛苦读书自着迷
论文细敲听风雨
五旬老汉用功稀

三角支架室内起
摄影名家挥手意
扭捏作姿充儒生
谁知满囊皆树皮

2015.10.31

竹　韵

秀竹成影景色新
空心却抵冷风尘
四季常绿惹人爱
气脉独到根底深

苏北安忆苦中乐
高密莫言童时辛
诺奖哪有过程好
虚名不逾海派文

2015 年 11 月 1 日睹竹思人而作。

初 冬

昨夜风雨凋碧树
今晨天光现浮屠
白发老者找康健
幼龄学子盼成熟

岁寒方知春时暖
雪多才羡阳光沐
世人皆言硕鼠贪
不问内心缺禅路

2015.11.7

咏王涛

岳阳楼上观湖阔

齐鲁大地赏岳阳

初霁社会遇拙师

憨厚勤恳藏气象

天赠良机京城聚

诸徒前世登第忙

华夏一隅求生闲

少思多做修衷肠

2015.11.8 有感徒弟王涛追随十二年。众徒聚京工作非当日所想，莫非诸徒乃前世进京赶考者？戏作于此耳。

普洱赋

普洱金沱弹壶响
高冲低泡泛油光
轻啜香茗韵味远
雅室对饮情谊长

半生蹉跎半生梦
工地战场笔墨亮
更喜众徒心怀志
登高望远赏大江

伊嘱我品尝普洱茶，半生戎马半生闲，好享受也！打油记之。2015.11.10

文学结

故乡吹来春消息
寒城瑟缩有暖意
乡情俚语扑面来
此厚彼薄总相宜
兰陵美酒持久香
苍山大蒜莫言慌
鼎公异域文采照
金瓶梅射四海光

2015 年 11 月 11 日，收到《兰陵文学》书刊。感谢故乡
兰陵作协主席王凌晓和诗人辰水，打油记之！

卷煎情

戎马儒地留真情
风尘染身忆小城
谈笑白丁草颜色
鲁国自古好民风

薄似蝉翼色如金
卷山叠海煎无穷
得君一物身心醉
又闻碎步杯盏声

　　十几年前,余在山东兖州施工,与豆腐店村书记交往甚多。其人甚佳,助人帮困,百姓传颂。别后虽辗转广州、青岛、北京等地,仍与其联系不断。今日得其邮寄卷煎两种,品之香软可口,醉人心扉。2015.11.15.

尹一刀

后石坞传古书韵
泰山道旁拾艺苍
连天日月昭时空
笔下风云泣鬼声

书斋连坐数年冷
静默哑言有奇功
君赏篆印不枚举
意取闲情却观疼

尹一刀，非江湖人士，乃篆刻家尹连祥之号也。居泰山，研篆艺。曾为某君刻金印，为练心，十几年一语不发。得此君赠印把玩，唏嘘不已，内心痛楚，打油记之！ 2015.11.16

暖 冬

大雪初暖石榴情
小楼今夜又春风
初冬寒风索密友
异域翘足遥看中

菊花枸杞大红枣
苹果散发中原莹
身心俱暖幽思梦
著书相闻朋友声

连日收友张继所邮石榴，英坤所馈菊花、黑枸杞，郑毅快递红枣、苹果，情意满满。专心著述，方能回报，敬谢诸友。

2015.11.22

雾与雪

京城喜讯西南传
祝福伊人心飞天
痛彻六月相聚日
雾霾惊人雪中寒

成都往来数年间
红火隐忍匆然度
儒家对射犬狼目
勿奉善良虎口填

　　闻伊人婚，祝福她；乘机至成都，这边雪，那边雾。往来成都数次，来去匆匆，未见诸景也！2015.11.23

咏　物

直行万里少揉搓
闪转腾挪胸怀阔
刚正不阿面易折
身段绵软挺立弱

有开有合人生境
拐点方显英雄色
忍辱负重为行车
犬眼只看外轮廓

2015.11.26

新　生

去岁绿叶已成空
雪盖如被暖春明
风吹露打翩跹过
伸腰展枝获新生

脚步急匆追山岳
名利在心何时停
禅意无限眼前住
最是人间好风景

2015 年 11 月 27 日于地铁上

雪　柳

雪照摆柳飘逸走
风止气息诉哀愁
京城春色何处寻
冷意连连心堪忧

枯枝冬日向天吼
妄寻茂叶挂梢头
痴树说梦不顺势
泪涸身疲鸟不留

2015 年 11 月 27 日于京

印　迹

篆印方正有古香
西怀兄弟友谊长
昔日书记无人晓
当下万寿四海荡

建大经管栋梁强
姜军纵横摆师堂
校外名家带学子
教学相长薪火旺

2015 年 11 月 28 日收名家刘西怀篆印，同日参加建筑大学校外导师会。

偶　遇

国图偶遇爱书郎
原是爱徒奔波忙
相见欣喜无赘语
书店浏览寻墨香

名家群里荡智慧
世间凡语觅灵光
周末闲者好故事
文字充饥又疗伤

2015年11月29日于国图偶遇原生态徒弟田国栋，打油留念。

兰陵文学

凌晓抵京送文风
故土乡音沐雪明
山水雅韵情几许
话谈鼎公异国行

京城美食诱远行
人生如梦境相同
文学暖手又甜心
诚谢弟子同路征

　　2015 年 12 月 4 日，兰陵作协主席王凌晓抵京，穆振昂兄亦来。弟子国栋作陪，李军相待，诗记之。

咏老友

西怀聪明至绝顶
篆刻古风飘灵性
当年书记今从艺
沧桑人生笑九重

孜孜以求无怨言
弱看加薪又晋升
仕者随风飘散去
惟余兄寿红彤彤

得西怀兄印，感慨良多。2015.12.5.

泰山情

泰山脚下踏实风
与伊决绝识君行
是年签订师徒议
文学园地共驰骋

伦理法度盈尺牍
原生态见笔墨功
情发齐鲁温情在
愧作拙师待后生

　　2015 年 12 月 10 日一早收到原生态文学院学员米洪坤寄来核桃、茶壶和普洱茶饼等物，短札透出洪坤细腻、周到之处。忆若干年前，米君助我结束一段情感；如今师徒徜徉于文学园地，洪坤做人有齐鲁之风，作文有求美之效。人生之乐，莫过于精心去关注一两件事，则事事可为修禅之路也。

石　榴

石榴籽儿承花红
寒日室内享暖冬
触目盘晶心欢愉
此物寄情帆不动
万亩老树随风行
故友一人书院中
粒粒诚实招人喜
岁月记忆细拨冗

2015 年 12 月 15 日品尝张继自鲁南万亩石榴园邮寄的石榴，品尝岁月对友情的馈赠。

独　步

独行万步无人伴
悄看花树颜色淡
走廊尽头无灯影
白昼喧嚷寂静换

世间万物尊一理
弓长自有弦底宽
缓行悟觉百步深
心静方知路不远

2015 年 12 月 22 日，下班后办公楼独步所感。

雅　会

中原笔墨蕴底气
潇洒飘逸见禅意
书法堪比龙灵现
鱼跃水面蹦跳急

艺术养心风云渡
清茶对饮血脉继
文化暖身三冬热
友情铺地路不曲

2015 年 12 月 26 日增荣兄来，相识心泉与魏老师。便宜坊见大师傅任老弟，他为全国劳动模范。

敦煌行

塞外风静早来迟
明月高柔照沙山
飞天自古追梦远
壮志争酬作近观

鸟衔远树窝层暖
人推土岭做平川
机场扩建招新客
敦煌美景耀边关

2015 年 12 月 30 日于敦煌

龙泉寺

古寺千年观云天
六树见证朝代变
僧众诵经长短调
信徒上下心怡然

戴门弟子休闲日
相约游山感风禅
新年伊始冬中意
一山数景千般暖

　　2016年1月1日，弟子赵继东相约游龙泉寺，恰逢弟子王彦鑫同其兄燕武来，同赏龙泉寺，作诗记之。

东岳墨玉

手感东岳玉冰凉
字镌韵气藏汉唐
皇城雾霾罩日月
心中风云常激荡

胯下无犬行万里
囊中少银步履苍
山东兄弟殷切望
写作赠书乐中忙

2016 年 1 月 3 日，得赠山东兄弟刻石所感！

梦　游

昨夜西风刮陋舍
晨起却达帝王家
栏杆霜雾刚挂形
暖阳初照皆融化

行车坐恨报时早
睡眼朦胧念床香
梦游若在白天里
沿途所见真与恍

2016.1.4

西双版纳

西双版纳原生态
阡陌纵横柔云彩
炭火暖身本木心
竹叶泛青流水开

北国寒冬盼春色
枝头柿红暖心怀
常想山岭黄土调
昼披青黛夜花开

2016.1.11

无　题

老夫聊做信游客
冷观蜉蝣寒冰遮
残枝败柳欲斗风
叶落才知光棍拙

春水激荡两岸美
蝉嘶蛙鸣心头热
回望几多真情事
枉然君子不多说

2016 年 1 月 13 日于京城

破　冰

产融结合促发展
资源汇总成大船
中国品牌指日待
兄弟同舟渡险滩

众筹志气与智慧
审慎风险目光远
世界经济风云幻
精诚团结破雄关

2016 年 1 月 16 日，童非总邀请参加央企投资协会成立大会暨首届央企投资发展论坛有感。

如 雪

昨夜微雪今晨消
冷峻灿阳觉世高
六徒相聚图书馆
聆听文豪传密招

国栋连夜出文稿
高燕现场发问遥
写作蕴含读书事
腊八时节品粥妙

2016年1月17日，戴荣里原生态文学院六学员（高燕、田国栋、左薇、赵继东、孟庆芳、余鹏）去东图聆听王蒙先生妙音，高燕就原生态文学有关问题请教王蒙先生，余虽未能前往，亦感如临其境。

无 题

路边诗情藏草间
树为故人落叶叹
最是一年寒冷日
轻脚慢移踏阶浅

黎明即起是古训
岂有庭院令扫玩
倒有心头一方田
日日早耕备春眠

2016 年 1 月 20 日上班前作

冰

莫说水心太坚硬
化身成冰赖风冷
曾为江水凫鸭暖
游戏小鱼春色中

上善若水仅一态
官者成汽飘浮行
惟有隶者风云祭
执着一念沉腹痛

2016.1.24

郁　笛

兰陵笛声少飞燕
边关思家郁中听
新疆葡萄玛瑙美
玉石轻叩游子情

旅者工文古今事
敢散笔墨天下行
一把胡须红颜爱
瞥看流云弄驼铃

2016 年 1 月 25 日收到郁笛贤弟邮寄来的散文书稿与书法
作品一帧，打油记之。

悼刘洋

京城才俊任驰骋
水穿石雅谈风声
胸有成竹口才好
做事稳健爱宾朋

人生征帆正强劲
行车途中悲鸟鸣
不忍众友人间累
手指前方盼黎明

惊闻人大商学院师弟刘洋昨日猝亡，时年 36 岁。铺排文字悼念之。逝者如斯，活者当珍！

南极美

南极风雪别样寒
企鹅千姿貌悠然
中华儿女多巧志
建站寂寞友情添

极夜耐得思乡苦
黑颜经受紫外穿
视频相传朋友喜
建工儿郎意志坚

2016 年 1 月 30 日，中铁建工南极员工发图来，不胜感慨！

春　意

流水舒缓东流去
散步街头迎话来
汗津方觉天已暖
微风轻拂心惬意

柳丝泛青近观无
金橘盈手跳跃奇
腐木到期自然化
浑然不觉春风抵

2016.2.2

贺 贺

文化本源出乡野
高楼疏地气息裂
小溪潺流冬日凝
葫芦不语变天鹅

才女素描天外手
神笔描得颜面活
城镇蓝图慧心刻
如师似友智慧多

　　贺凤娟老师，城镇化专家，能文善画，才女也。得其图，绘吾面，乐之。特贺贺老师，由此打油。2016.2.5.

猴年乐

戴猴送羊观荒原

荣耀日月万物生

里蕴多彩朴素态

向天叩问地中文

作文做人皆须学

家心携友簇成院

拜忘智贤古今祝

年祈灵魂赐众福

2016年2月7日,代表原生态文学院祝福朋友们猴年吉祥!

龙泉寺

枯树散枝拥巢暖
僧众积聚风不寒
轻压冠冕自飞去
寺静山高锁光年

月前曾至今又到
春会游园多红颜
汗减登山凌云志
非怨体力怪心堑

2016 年 2 月 8 日游龙泉寺有感

晨　水

一夜无眠风水恋
浪涌岸堵催柳缠
履下微尘浑不觉
回望冬寒渐走远

红灯昼语行人早
枯枝新叶忆往年
鸟鸣卖萌撩枝荡
且藏春意地铁眠

2016.3.8

河

水自前清留故事
几多荣耀蒙屈歌
心念春光颐和游
光影物移飞鸟掠

人文渊源莫软弱
弱中有骨擎绿色
坦荡如水日夜流
流出河韵清澈多

2016 年 3 月 14 日晨观颐和园流出的河水有感。

情

沂蒙古朴心纯情
同学朋友爱分明
常让情火烧透心
离开才知汝似童

今生不求官宦家
勿售玉心耳边风
且看伶牙俐齿人
何时能做真英雄

2016.3.18.

春　分

春分时节花纷呈
万千宠爱香倍增
西堤风雨久未到
一湖春水懒眼睁

东瀛春天尚有雪
火山难开翠枝生
同学传图吾来接
自今天色增光明

2016.3.20

路　标

熟路未必尔知道
眼花长把旅途绕
京比村大乡娃愧
转车细瞅各路标

懵行半生根底浅
亦有恶人牵井跳
心记君帮每一步
省力莫忘自思考

2016 年 3 月 21 日坐地铁有感。

春

万物争春求自由
莫以楼高欺野草
诸神存世皆有灵
放人活己最逍遥

摧树少荫避暑难
鄙菜亦能填肚腩
一花一石情满怀
君莫自恃大如天

2016 年 3 月 22 日，禅意无限之晨。

文 竹

文竹一盆遮望眼
密枝如林自陶然
背靠坚石不为媚
一帧图画伴吾眠

泰山文竹何尝在
飘逸泉城忘搬迁
凤城学敏扰绿意
燕京翠影逞几番

　　2016年3月22日，桌上新置一文竹，想当年，在泰安工程二段亦养一盆，走时送人了；京沪时，又一盆，每日旺盛欲语，后亦留于人；去广州顺德，时学敏作陪，文竹亦活而有味；抵京，曾置一盆，死而叶挺，如活像，视之有戚悲之声。三年未养，今又养之，担心其不知哪日又亡。京城雾霾多，植物命运多舛。吾力不能帮也，文竹不喜每日浇水，多看她几眼即为造化也！

夜

夜步桥上亦坦然
堤岸栏杆欲休眠
柳儿梳头羞照水
远灯近影说无限

朝行昼思此处好
化身鱼儿清尘烟
抛车独步越十里
不见鸟逸神若仙

2016 年 3 月 22 日晚十点步行有感

柳

绿柳无骨随风摆
献媚俗人咏春来
满眼嬉笑恐失宠
点头哈腰展神采

岸边坚石迎水立
不卑不亢观世态
行者顿足叹冥顽
鸟鸣唤出鼎力在

2016.3.23

后视镜

行车应谢后视镜
左右前后皆照应
人到兴时直顾前
岂知危险后边冲

小脸不大映街景
一明一暗皆关情
一路畅通千里眼
做人当知背后明

　　自从行走，开车日少了；今日看后视镜，感慨良多。人活着需要后视镜啊！

2016.3.25.

205

玉渊潭

渊深潭浅花笑看
移步换景河水边
观樱何须东瀛去
枝颤粉红灿满园

兄弟相唤声语好
春色分享一线间
来时光洒游人中
离别幽景身后现

2016 年 3 月 26 日与允科、王强诸友游玉渊潭小记。

齐鲁客

齐鲁同学京城来
嫣然大哥就屋转
勿言海参送大哥
兄长窗谊心不偏

人生时短心计少
做人务实品行端
敢问诸多迎头客
心头影像存万年

　　同学广友来，诚信待之。一生同学，电大、函授、研究生、作家、博士、培训班不一而足。人生短暂，做人值得回顾为上者也。2016.4.1

晨　走

遥看公园起水烟
一袭绿毯仿平川
花前树下留新影
昨夜老友酒味酽

步行桥上柳戏水
老衲正襟求路男
美女掩口窥吾笑
日记岁月翻流年

2016 年 4 月 1 日上班路上

读徐迟

艺术不老属徐迟
黄页却见绿意起
文藏江山与社稷
激情澎拜学生迷

人大校园行走好
七篇佳作贯寰宇
他日为文荡风声
跌宕起伏语句奇

今早一气读完徐迟七篇文字，击掌而赞。大家文笔，今
日依然光亮。人大读书，清明之乐也！ 2016.4.4

黄　昏

黄昏步行小河边
地铁拥挤九霄转
早晚路过公园处
总有行人把景添

留影想看日变老
俯瞰鸟窝度日难
诸友问候心情好
昨日烦难飞天边

　　回家路上太阳之美不逊早晨。心态阔然，举目皆友。会立荣，见周君送报，殷军挂念暖心房，俞兄做得好文章。念徒继东骨折，哈哲文字，人间冷暖自有之！　2016.4.7

洛 河

抵洛阳，看河流，自然美，心舒畅。

水阔楼高柳丝新
白犬飞跑自由身
皇家哪有号神雅
泊中滩涂亦优美

晨听蛙鸣豫剧调
耳边亦有天籁音
翩翩老者欢喜色
忧郁散去才是金

2016 年 4 月 9 日于洛河岸边

211

函谷关

秦时明月汉时土
一夫当关阻万虎
城墙叙述古战事
洞天传递西域风

金戈铁马烽火起
阻隔避敌乏战术
地球成村王国去
举世分割观念流

2016 年 4 月 9 日于洛阳

贺谭风华、许国获劳模

诗人做事最体贴
精心推敲吟高歌
助人为乐笑可掬
儒者情怀仁义和

徽地文化君爱研
农民摄影响全国
妙手佳作推先进
今朝劳模赞点多

2016 年 4 月 28 日，股份公司开劳模大会。诗人谭风华，四局宣传部长许国获劳模称号。作为他们的朋友，祝贺他们！

见宇翔

兄弟相思二十载
犹记兖州探母情
齐鲁大汉秉孝心
一腔热血度此生

左邻右舍为文人
几多大褂飘风中
京城在下捻胡须
行者漠然明君懂

2016年5月1日，见诗人曹宇翔大哥，兄请客，与张兆杰同饮。往事唏嘘，二十载已过，感慨万千矣。

无　题

晨景美色诱吾贪
拍花摄水留老脸
一步三回心不甘
日新月异大自然

人生境界随处寻
何须只恋峻峰巅
觅得雅致求一统
友戏朋耍笑开颜

　　隧道局永超弟弟戏称我为'戴九张'，意思是我不知羞愧，
人丑像差还敢每天晒。殊不知我每天路过公园，花色树影让
我沉醉，不拍愧对自然也。安静妹妹有话，不要就会一个造型，
今天故意装嫩摆姿，呵呵，有味道！老衲向各位看客献丑了！
2016 年 5 月 4 日青年节

夜 归

地铁疏客叙劳累
行车匆然归心急
悠闲碎步观夜树
青杏枝头孕静谧

蛙鸣惊唤陌客聚
夜花悄开不争嫉
两园穿越少晨喜
汗消空留身爽利

2016 年 5 月 4 日

独　处

自斟晒图为一乐
老汉撕菜不用切
黄瓜香味荡然去
辣椒鸡蛋远鲁国

文化奥运发布早
京城诸事热闹多
一地三逛有崎岖
家中电视欠费默

　　2016年5月7日参加冯兄盛会，佩服其胸怀胆识；晓东兄弟回京，得见吴泰昌、柳萌老师。打的回翠城，邻居李弟已铺好室外地板砖，其帮我免费安装摄像头，想我一介书生，有啥可让梁山君子所顾？自晒手撕菜品，调侃者众，倍感有趣味！不追文学去做厨师去一定会有市场吧！

读　书

悠然校园款行早
书摊无人诸书寂
竹叶疏朗留笑影
一步一阶心不急

老衲西域嫌路远
此山有径有鸟啼
忽闻津门传涛声
素目寡言盼天齐

2016 年 5 月 15 日，于中国人民大学图书馆。

水中阳

鸟语扰碎水中阳
风吹杏黄柳丝长
款行新堤醉花香
昨夜流水慕远方

晨语万物姿态秀
曲径通幽放眼量
甩手方觉人已老
路旁小儿大人腔

2016 年 5 月 30 日上班路上

毕　业

俆忽一年师生情
把脉文学任驰骋
来去结缘皆有度
最美莫过好过程

草根自有责任在
曾有妄言讥我疯
岂知日月能证明
心善目阔才躬耕

2016 年 5 月 31 日，戴荣里原生态文学院第一期学员经过一年学习，顺利毕业。班长通振远约在京同学小聚，感慨万千。一年教学相长，师生砥砺，今日第二期开学，有人责问：作家可教乎？我不想说更多，时至今日，仍有人抱残守缺。悲哉，踏实做些事吧，岁月会记住一切的！

晨　讲

散步路上自提神
睡眼朦胧说乾坤
文学无路人有道
精研细究做学问

满眼鲜花绿树在
鱼欢水亮万象新
学会观察第一课
写作有源快乐存

　　第二期原生态文学院学习改成每日早晨授课方式进行。上班路上，散步时通过语音传递给同学们，岂不快哉！2016年6月2日于地铁上。

冰心奖

兴隆山水绿意广
散文妙手吐芬芳
曾忆冬日阳光暖
先生睿目多慈祥

为文卅载求善良
真情实意抒心肠
慕禅抛去人间利
唯爱著文求担当

　　二十余年前，文友白天带我见冰心老人，至今天获冰心散文奖，感慨万千！岁月沧桑，鬓发一白，求真善美之心不变！以写作之爱担社会之责。授奖现场作诗记之。

赏　荷

昨夜梦中见水仙
一颦一笑皆怡然
晨起细品莲君笑
不谄不妖自亭天

点评诸子妙作忙
语音流转荷花间
飘缈炎夏苦中乐
笑闻藕池清香添

2016 年 6 月 21 日，点评学员作品有感。

文学院

精神家园绿盎然
花草浅水蜻蜓翩
小桥木然佳人过
蛙鸣迎合微者言

教学相长心底乐
东西南北曙光现
当年伊始多讥讽
荒田生果令人羡

　　原生态文学院精心耕耘一年有余，教学互动，每晨上班路上，微信授课，师生用文学取暖，倍感充实。默默去做一件事，胜过胡吹千万言。2016 年 6 月 22 日于上班地铁上

书法引

闪转腾挪见精神
两鬓染霜出神韵
常年坚守一朝发
篆隶风骨慕汉臣

文学本真求书像
气远骨健多唯美
艺术借鉴催创新
文人相重有古今

2016 年 6 月 24 日于地铁上

雨　荷

雨中荷花连天色
犹记少时蜻蜓落
微山湖畔琵笆歌
莲子苦心太阳说

步行石阶规矩路
柳丝轻荡水中月
老衲碎嘴空间踱
联想对比时如梭

2016 年 6 月 30 日，于北京六里桥地铁站。

晨 走

昆玉河上两茫茫
画船牵动水花香
桥颤皆因美女踱
静童浅笑柳叶长

公园日新时时走
忧伤渐遁行路忙
教学口舌方卷起
转车声唤诗成行

2016年7月11日，于地铁上班途中有感。

晨

步履轻缓授课忙
阳光播撒闻稻香
荷花初绽京腔韵
捕花抓草老影像

八旬孺者慈面笑
双腿赛过青年骄
我等心态须清洗
童心苏醒黎明亮

晨遇八十六岁老大娘一枚，帮我拍照，甚为珍惜。每日晨走，多有被动心。老人说，她不老全靠这条腿啊！遂慕之。

2016 年 7 月 13 日上班路上

慕

南天一柱有奇功
正气充盈是非明
与时俱进文章烈
洞察世事见先风

文弱书生笔如枪
刺贪刺弊刺朋党
撩开遮纱求光亮
北国男儿气如钢

2016 年 7 月 13 日，收鄢烈山老师著作，翻阅再三，惊叹不已！神笔也！

229

荷　塘

荷塘红花绿叶傍
满池莲蓬诉过往
吹箫老者青年气
白衣衫儿影自啼

步履匆匆行人稀
圈鸟草地有禅机
双目凝神接日光
一桥流水千载忆

2016 年 8 月 5 日于京